シリーズ 詩はきみのそばにいる❸

きみの心が駆けめぐるとき、詩は……

日本児童文学者協会＋
ポプラ社編集部 編

ポプラ社

シリーズ

詩はきみのそばにいる❸

きみの心が
駆けめぐるとき、
詩は……

もくじ

1 詩はきみを映《うつ》しだす

2 詩はきみと夢《ゆめ》を見る

3 詩はきみから始まる

4 詩はきみを疑《うたが》う

○本シリーズでは、古典から現代《げんだい》の詩までをはばひろく取り上げ、俳句《はいく》・短歌を
のぞく詩は、現代《げんだい》のかなづかいに改めて掲載《けいさい》しています。また、旧字体《きゅうじたい》も新字
体に改め、編集部《へんしゅうぶ》で適宜《てきぎ》ふりがなをつけました。

1 詩はきみを映《うつ》しだす

——窓《まど》をあければ
風がくる、風がくる。——
（新美南吉《にいみなんきち》「窓《まど》」より）

風景　純銀《じゅんぎん》もざいく

山村暮鳥《やまむらぼちょう》

いちめんのなのはな
いちめんのなのはな
いちめんのなのはな
いちめんのなのはな
いちめんのなのはな
いちめんのなのはな
いちめんのなのはな
かすかなるむぎぶえ
いちめんのなのはな

いちめんのなのはな
いちめんのなのはな
いちめんのなのはな
いちめんのなのはな
いちめんのなのはな
いちめんのなのはな
いちめんのなのはな
ひばりのおしゃべり
いちめんのなのはな

いちめんのなのはな

●純銀《じゅんぎん》もざいく… 純銀《じゅんぎん》は、まざりもののない純《じゅん》粋《すい》な銀。もざいく（モザイク）は、小さな切れはしを組み合わせた模様《もよう》。
●むぎぶえ… 麦笛。むぎの茎《くき》をつかって、笛のように吹《ふ》き鳴らすもの。

いちめんのなのはな
いちめんのなのはな
いちめんのなのはな
いちめんのなのはな
いちめんのなのはな
いちめんのなのはな
やめるはひるのつき
いちめんのなのはな。

●やめるはひるのつき
…病めるは昼の月。昼の月は、昼間に見える白い月。

土

三好達治《みよしたつじ》

蟻《あり》が
蝶《ちょう》の羽をひいて行く
ああ
ヨットのようだ

春の鏡

関《せき》　今日子《きょうこ》

田植え前の
水を張《は》った田んぼ
風のない日は
鏡になる

春のドレスをまとった雲が
自分の姿《すがた》を映《うつ》しては
うっとり　みとれ

おしゃれのセキレイが
羽ばたき方をチェックしては
うっとり　みとれ

だれもが美しくなる春
美しくなった自分を
たしかめたくなる春

あぜに咲《さ》いている草花までが
なんとか姿《すがた》を映《うつ》そうと
いっしょうけんめい
せのびをしている

●セキレイ…　全長約二〇センチメートルの鳥。体はほっそりしていて、尾《お》が長い。羽色は白と黒か、黄と黒。水辺で虫を食べる。
●あぜ…　田と田の境《さかい》の土を盛《も》り上げてつくったところ。

馬でかければ
――阿蘇草千里《あそくさせんり》

みずかみかずよ

ひろびろとうねる
草原《そうげん》の海
風がはしる
波をけって
馬がとぶ
群れながらとぶ
白いたてがみがながれ
はっし　はっし
わきばらをうつ

ふみしめたあぶみが
かちっと　ひかる
少年の短い呼吸《いき》は
馬にかさなって
草原から大空へ
かけのぼる
ああ
白い雲

●阿蘇草千里《あそくさせんり》… 九州《きゅうしゅう》中央部にあり、世界最大級のカルデラを持つ阿蘇山《あそさん》のうち烏帽子岳《えぼしだけ》の草千里《くさせんり》ケ浜《がはま》。標高約一、一〇〇メートル。馬が放牧されている。

●あぶみ… 馬具の一つ。鞍《くら》から馬の両脇腹《りょうわきばら》にたらして、乗り手が足を踏みかける。

水平線

小泉周二《こいずみしゅうじ》

水平線がある
一直線にある
ゆれているはずなのに
一直線にある

水平線がある
はっきりとある
空とはちがうぞと
はっきりとある

水平線がある
どこまでもある
ほんとうの強さみたいに
どこまでもある

季節はめぐる　——俳句《はいく》・撰《せん》

「正月」

何もなき床《とこ》に置きけり福寿草《ふくじゅそう》　高浜虚子《たかはまきょし》

「春」

チユ《（ユ）》ーリツ《（ツ）》プ花びら外れかけてを《（お）》り　波多野爽波《はたのそうは》

チューリップ喜びだけを持つ《（っ）》てゐ《（い）》る　細見綾子《ほそみあやこ》

「夏」

ストローを色駆《か》けのぼるソーダ水　本井《もとい》 英《えい》

青蛙《あおがえる》おのれもペンキぬりたてか　芥川龍之介《あくたがわりゅうのすけ》

「秋」

とどまればあたりにふゆる蜻蛉《とんぼ》かな　中村汀女《なかむらていじょ》

よろこべばしきりに落つる木の実かな　富安風生《とみやすふうせい》

「冬」

冬の日や砥石《といし》のうえをすべる風　五味太郎《ごみたろう》

雪だるま星のおしや(ゃ)べりぺちや(ゃ)くちや(ゃ)と　松本《まつもと》たかし

●床《とこ》…　床《とこ》の間《ま》。　●福寿草《ふくじゅそう》…　キンポウゲ科の多年草。径四センチメートルほどの黄色い花が咲《さ》き、正月用の鉢植《はちう》え、盆栽《ぼんさい》にする。
●とどまれば…　立ち止まると。　●ふゆる…　増《ふ》えている。
●砥石《といし》…　刃物《はもの》を研《と》ぐためのかたく、なめらかな石。

小諸《こもろ》なる古城のほとり

島崎藤村《しまざきとうそん》

小諸《こもろ》なる古城のほとり
雲白く遊子《ゆうし》悲しむ
緑なす蘩蔞《はこべ》は萌《も》えず
若草《わかくさ》も藉《し》くによしなし
しろがねの衾《ふすま》の岡辺
日に溶《と》けて淡雪《あわゆき》流る

あたたかき光はあれど
野に満つる香《かおり》も知らず

●小諸《こもろ》…長野県佐久平《ながのけんさくだいら》の町。現在《げんざい》は小諸市《こもろし》。城は小諸城《こもろじょう》、江戸《えど》時代は牧野《まきの》氏一万五千石の居城《きょじょう》だった。
●遊子《ゆうし》…旅人。
●蘩蔞《はこべ》…春の七草の一つ。

浅くのみ春は霞《かす》みて
麦の色わずかに青し
旅人の群はいくつか
畠中《はたなか》の道を急ぎぬ

暮《く》れ行けば浅間《あさま》も見えず
歌哀《かな》し佐久《さく》の草笛
千曲川《ちくまがわ》いざよう波の
岸近き宿にのぼりつ
濁《にご》り酒濁《にご》れる飲みて
草枕《くさまくら》しばし慰《なぐさ》む

●**若草《わかくさ》も藉《し》くによしなし**…若草《わかくさ》を下に敷《し》くこともできない（若草《わかくさ》の上にすわることもできない）。
●**しろがねの衾《ふすま》の岡辺**…白く輝《かがや》く、かけぶとんのような岡。
●**淡雪《あわゆき》**…うっすら積もった消えやすい春の雪。
●**浅間《あさま》**…浅間山《あさまやま》。長野県《ながのけん》と群馬《ぐんま》県《けん》の境《さかい》の活火山。
●**歌哀《かな》し**…草笛を鳴らす音が物悲しい。
●**佐久《さく》**…小諸《こもろ》を中心とする一帯の呼《よ》び名。
●**千曲川《ちくまがわ》**…信濃川《しなのがわ》の長野県《ながのけん》を流れる部分の名前。
●**いざよう**…たゆたう。ゆらゆら動く。
●**濁《にご》り酒**…漉《こ》していない、白くにごった酒。どぶろく。
●**草枕《くさまくら》**…草をたばねた仮《かり》の枕《まくら》の意味から、旅、旅情《りょじょう》。

紅葉《もみじ》

高野辰之《たかのたつゆき》

秋の夕日に照る山紅葉《もみじ》、
濃《こ》いも薄《うす》いも数ある中に、
松をいろどる楓《かえで》や蔦《つた》は
山のふもとの裾模様《すそもよう》。

渓《たに》の流《ながれ》に散り浮《う》く紅葉《もみじ》、
波にゆられて離《はな》れて寄《よ》って、
赤や黄色の色様々《さまざま》に、
水の上にも織《お》る錦《にしき》。

●裾模様《すそもよう》…着物のすそにある模様《もよう》。

●錦《にしき》…さまざまな色糸を織《お》った華麗《かれい》な模様《もよう》の織物《おりもの》。

ゆうひのてがみ

のろさかん

ゆうびんやさんが
ゆうひを　せおって
さかみちを　のぼってくる
まるで　きりがみのように
ゆうひを　すこしずつ　ちぎって
「ゆうびん」
ポストに　ほうりこんでいく

ゆうびんやさんが　かえったあと
いえいえのまどに
ぽっと　ひがともる

窓《まど》

新美南吉《にいみなんきち》

窓《まど》をあければ
風がくる、風がくる。
　光った風がふいてくる。

窓《まど》をあければ
こえがくる、こえがくる。
　遠い子どものこえがくる。

窓《まど》をあければ
空がくる、空がくる。
こはくのような空がくる。

●こはく…透明《とうめい》か半透明《はんとうめい》の赤みをおびた黄色の化石。

グランドピアノ

海沼松世《かいぬましょうせい》

おんがくしつに　一頭
クジラがいる

ふたをあけると
クジラはわらう
白い歯を出して

せなかのほねを
ひびかせて
クジラはうたう

ド――

レ――

ミ――

ファ――

ソ――

へやのなかを
クジラの子どもが
およいでいく
およいでいく

しい――っ
こんどは
ピカピカに光った
大きなクジラが
およぎだすぞ

遠近法

宮内徳一《みやうちとくいち》

雑木林《ぞうきばやし》によっちゃんと写生にいった
雑木林《ぞうきばやし》は今落葉の季節
落葉の上にいくらでも
いくらでも落葉がつもる季節

林の中のいっぽん道を歩いていると
よっちゃんが立ちどまって言った
「ね　ここに立っててよ」
何を考えたかぱたぱた走っていった

かなり遠くまで走っていって

そこから手をあげてさけんだ
「おーい　よく見ててくれよ」
こんどはこっちへかけだした

もどってきて彼《かれ》は言った
「な　ぼくも林もこの道も
だんだん大きく見えてきただろう
ね　これが〈遠近法〉というものだ」

そしてまた言った
「遠近法ってくたびれる」

それからぼくたちはかきはじめた
落葉のころの雑木林《ぞうきばやし》
スケッチブックがぐんぐん褐色《かっしょく》になった

●遠近法…　絵画で遠く と近くを目で見たままのように描《えが》く方法。

メロン

与田準一《よだじゅんいち》

メロンはきいろである。いや、はなれてみたまえ。
メロンはまるいのである。

メロンはまるい。いや、ちかよってみたまえ。
メロンはきいろである。

とおのいてみたまえ。まるみがある。ちかづいてみたまえ。
においがある。

はなれてみたまえ。陰影《いんえい》がある。ちかよってみたまえ。あみめがある。

正体はどこにあるのだ。

メロンがあってメロンがない。

●陰影《いんえい》…光のあたらない暗いところ。かげ。

竹

萩原《はぎわら》朔太郎《さくたろう》

光る地面に竹が生え、
青竹が生え、
地下には竹の根が生え、
根がしだいにほそらみ、
根の先より繊毛《せんもう》が生え、
かすかにけぶる繊毛《せんもう》が生え、
かすかにふるえ。

かたき地面に竹が生え、
地上にするどく竹が生え、
まっしぐらに竹が生え、
凍《こお》れる節節《ふしぶし》りんりんと、
青空のもとに竹が生え、
竹、竹、竹が生え。

●繊毛《せんもう》…細い毛。

愁《うれ》ひ（い）つゝ（つ）　——俳《はい》句《く》五句《く》

与《よ》謝《さ》蕪《ぶ》村《そん》

春の海終日《ひねもす》のたりのたり哉《かな》

菜の花や月は東に日は西に

愁《うれ》ひ（い）つゝ（つ）岡にのぼれば花いばら

月天心貧《まず》しき町を通りけり

草枯《かれ》て狐《きつね》の飛《ひ》脚《きゃく》通りけり

●終日《ひねもす》…一日中。
●花いばら…花の咲《さ》いているいばら。いばらは、バラなど、とげのある低い木。
●天心…空の真ん中。

2 詩はきみと夢《ゆめ》を見る

——薬缶《やかん》だって、空を飛ばないとはかぎらない。——

（入沢康夫《いりさわやすお》「未確認《みかくにん》飛行物体」より）

遠き山に日は落ちて

（ドボルザーク「交響曲《こうきょうきょく》第9番《新世界より》」第2楽章）

堀内敬三《ほりうちけいぞう》

遠き山に　日は落ちて
星は空を　ちりばめぬ
今日の業《わざ》を　成し終えて
心軽く　安らえば
風は涼《すず》し　この夕《ゆうべ》
いざや楽しき　団欒《まどい》せん
団欒《まどい》せん　団欒《まどい》せん

闇《やみ》に燃《も》えし　かがり火は
炎《ほのお》　今は　静まりて
眠《ねむ》れ　安く　憩《いこ》えよと
誘《さそ》うごとく　消えゆけば
安き御手《みて》に　守られて
いざや楽しき　夢《ゆめ》を見ん
夢《ゆめ》を見ん　夢《ゆめ》を見ん

●ドボルザーク…
一八四一～一九〇四年。
チェコの作曲家。
●業《わざ》…　仕事。
●団欒《まどい》…　人びとが集
まって楽しく語り合う
こと。
●御手《みて》…　神の手。

半分かけたお月さま

小野《おの》ルミ

半分かけた　お月さま
ぎんのうばぐるま
母さんいない　赤ちゃん　のせて
もりへ　さんぽに　いくのでしょう

半分かけた　お月さま
ぎんのうばぐるま
まいごになった　小鳥を　のせて
おうち　さがしに　いくのでしょう

半分かけた　お月さま
ぎんのうばぐるま
ねんねできない　さかなを　のせに
うみへ　おりて　いくのでしょう

半分かけた　お月さま
ぎんのうばぐるま
ミルクのつゆを　いっぱい　のせて
花に　のませに　いくのでしょう

半分かけた　お月さま

ぎんのうばぐるま
ねんねしている　みんなを　のせて
ゆめの　お国へ　いくのでしょう

半分かけた　お月さま
ぎんのうばぐるま

猫《ね》小《こう》路《じ》

間《ま》中《なか》ケイ子《こ》

猫町《ねこまち》五十四番地
風の通り道

貝や魚を
お皿にならべて
けむり色の猫《ねこ》が
まんまを
たべる

ここは
猫《ねこ》の細道

いつでも
すきなところで
すきなように
子猫《こねこ》が
ころりと
ねむる道

ぬき足

さし足
しのび足
通りぬけは
ご遠慮《えんりょ》ください

どんぐり

尾上尚子《おのえたかこ》

どんぐりの粉《こな》が　配給になった
小麦粉《こむぎこ》を　すこしまぜて
おかあさんが
どんぐりだんごを　作った
すいとんも　作った

おなかいっぱい食べられるなんて
しあわせ……
みんな　にこにこしたのに
家族みんなで　げりをした

——どんぐりだなんて
　りすや　ねずみじゃあるまいし……

ねるとき
おかあさんが　つぶやいた

その夜《よ》　ゆめのなかで
わたしは　りすだった
いつもはのぼれなかった樫《かし》の木の
えだの上で
なまの　どんぐりを
おなかいっぱい　食べた

●配給…　第二次世界大戦の戦中、戦後の物がない時代の食品や生活に必要な物を国民に公平にわけるための制《せい》度《ど》。
●すいとん…　水で溶《と》いた粉《こな》を適当《てきとう》な大きさにちぎり、野菜などといっしょにスープに入れて煮《に》た食べもの。

やさしさに包まれたなら

荒井《あらい》由実《ゆみ》

小さい頃《ころ》は神さまがいて
不思議に夢《ゆめ》をかなえてくれた
やさしい気持で目覚めた朝は
おとなになっても　奇蹟《きせき》はおこるよ

カーテンを開いて　静かな木洩《こも》れ陽《び》の
やさしさに包まれたなら　きっと
目にうつる全てのことは　メッセージ

小さい頃《ころ》は神さまがいて
毎日愛を届《とど》けてくれた
心の奥《おく》にしまい忘《わす》れた
大切な箱　ひらくときは今

雨上がりの庭で　くちなしの香りの
やさしさに包まれたなら　きっと
目にうつる全てのことは　メッセージ

カーテンを開いて　静かな木洩《こも》れ陽《び》の
やさしさに包まれたなら　きっと
目にうつる全てのことは　メッセージ

●木洩《こも》れ陽《び》…木の葉のあいだから、もれてさす日の光。
●くちなし…夏、枝《えだ》先《さき》に香りのよい純白《じゅんぱく》の花が咲《さ》く常緑《じょうりょく》低木。

雨と夢《ゆめ》のあとに

柳《ゆう》　美里《みり》

大きな木に　顔を伏《ふ》せて　かくれんぼをしていた
雨がふり出し　蟬《せみ》の声がやんで　わたしは空を見あげた
きっと　あなたはいる　声は聞こえなくても
きっと　あなたはいる　姿は見えなくても　きっと……
雨がやんだら　あなたに逢《あ》えますか？
夢《ゆめ》が終わったら　あなたに逢《あ》えますか？
雨と夢《ゆめ》のあとに　約束してくれますか？
また逢《あ》えると……
もしも　命を落としてしまったとしても

わたしはあなたを待っています

大きな肩《かた》に　乗せてもらって　縁日《えんにち》の通りを歩いていた
雨がふり出し　灯《あか》りが消えて　わたしは夜空を見あげた
きっと　あなたはいなくなる　いまはおしゃべりしていても
きっと　あなたはいなくなる　いまは抱《だ》きしめていても　きっと……
雨がふったら　あなたに逢《あ》えますか？
夢《ゆめ》がはじまったら　あなたに逢《あ》えますか？
雨と夢《ゆめ》のあとに　約束してくれますか？
もういなくならないと……
もしも　星が流れてしまったとしても
わたしは空を見あげます

雨がやんだら　あなたに逢《あ》えますか?
夢《ゆめ》が終わったら　あなたに逢《あ》えますか?
雨がふったら　あなたに逢《あ》えますか?
夢《ゆめ》がはじまったら　あなたに逢《あ》えますか?
雨と夢《ゆめ》のあとに　約束してくれますか?
また逢《あ》えると……
もしも　命を落としてしまったとしても
わたしはあなたを待っています

しっぽ　いっぽん

檜《ひのき》　きみこ

しっぽ　いっぽん
ほしくなる

だれかをまっているときに
よじってみたり
むすんだり
たいくつせずに
すみそうだから

いきばのない　いらだちが
出口をおろおろさがすとき
しっぽをつめたい地面にたらし
うまくにがして
やれそうだから

ねむり方をわすれてしまって
ねむれない夜なんか
しっぽのつづきをたどりたどり
ねむりにおちて
いけそうだから

しっぽ　いっぽん
ほしくなる

世界じゅうの海が

「マザーグース」より　／北原白秋《きたはらはくしゅう》・訳《やく》

世界じゅうの海が一つの海なら、
どんなに大きい海だろな。
世界じゅうの木という木が一つの木ならば、
どんなに大きな木であろな。
世界じゅうの斧《おの》が一つの斧《おの》なら、
どんなに大きな斧《おの》だろな。

世界じゅうの人たちがひとりの人なら、
どんなに大きな人だろな。
大きなその人がおおきな斧《おの》をとって、
大きな木をきり、
大きなその海にどしんとたおしたら、
それこそ、どんなにどんなに大きい音だろな。

●「マザーグース」…イギリスのわらべうた。

未《み》確《かく》認《にん》飛行物体

入《いり》沢《さわ》康《やす》夫《お》

薬缶《やかん》だって、
空を飛ばないとはかぎらない。

水のいっぱい入った薬缶《やかん》が
夜《よ》ごと、こっそり台所をぬけ出し、
町の上を、
畑の上を、また、つぎの町の上を
心もち身をかしげて、
一生けんめいに飛んで行く。

天《あま》の河《がわ》の下、渡《わた》りの雁《かり》の列の下、
人工衛星《えいせい》の弧《こ》の下を、
息せき切って、飛んで、飛んで、
(でももちろん、そんなに早かないんだ)
そのあげく、
砂漠《さばく》のまん中に一輪咲《さ》いた淋《さび》しい花、
大好きなその白い花に、
水をみんなやって戻《もど》って来る。

●未確認《みかくにん》飛行物体…UFO。空とぶ円盤《えんばん》など確認《かくにん》できない飛行物体。
●弧《こ》…円周の一部のこと。人工衛星《えいせい》の軌道《きどう》の一部。

シジミ

石垣《いしがき》りん

夜中に目をさました。
ゆうべ買ったシジミたちが
台所のすみで
口をあけて生きていた。

「夜《よ》が明けたら
ドレモコレモ
ミンナクッテヤル」

鬼《おに》ババの笑いを
私《わたし》は笑った。
それから先は
うっすら口をあけて
寝《ね》るよりほかに私《わたし》の夜はなかった。

●シジミ… 丸みをおびた三角形の貝殻《かいがら》の二枚貝《にまいがい》。川や湖でとれる。

星の世界

川《かわ》路《じ》柳《りゅう》虹《こう》

輝《かがや》く夜空の　星の光よ
まばたく数多《あまた》の　遠い世界よ
更《ふ》けゆく秋の夜　澄《す》み渡《わた》る空
望めば不思議な
星の世界よ

きらめく光は　玉か黄金《こがね》か
宇宙《うちゅう》の広さを　しみじみ思う
やさしい光に　まばたく星座《せいざ》
望めば不思議な
星の世界よ

月のひかりは　（「まよなかのお客さん」より）

あまんきみこ

月のひかりは
　銀のはり
月のひかりは
　銀のいと
ほ
よい　おばんです
月のひかりは
　銀ののり

月のひかりは
　銀のぬの
ほ
すてきな　おばんです
月のひかりは
　銀のはけ
月のひかりは
　銀のふで
ほ
うれしい　おばんです

●「まよなかのお客さん」…あまんきみこの童話『車のいろは空のいろ　春のお客さん』（ポプラ社）に収《おさ》められた作品。

夢《ゆめ》みたものは……

立原道造《たちはらみちぞう》

夢《ゆめ》みたものは　ひとつの幸福
ねがったものは　ひとつの愛
山なみのあちらにも　しずかな村がある
明るい日曜日の　青い空がある

日傘《ひがさ》をさした　田舎《いなか》の娘《むすめ》らが
着かざって　唄《うた》をうたっている
大きなまるい輪をかいて
田舎《いなか》の娘《むすめ》らが　踊《おどり》をおどっている

告《つ》げて　うたっているのは
青い翼《つばさ》の一羽の　小鳥
低い枝《えだ》で　うたっている

夢《ゆめ》みたものは　ひとつの愛
ねがったものは　ひとつの幸福
それらはすべてここに　ある　と

雲の信号

宮沢賢治《みやざわけんじ》

ああいいな、せいせいするな
風が吹《ふ》くし
農具はぴかぴか光っているし
山は！　ぼんやり
岩頸《がんけい》だって岩鐘《がんしょう》だって
みんな時間のないころのゆめをみているのだ

そのとき雲の信号は
もう青じろい禁欲《きんよく》の
春ぞら高く揚《あ》げられていた
山はぼんやり
きっと四本杉《しほんすぎ》には
今夜は雁《かり》もおりてくる

●岩頸《がんけい》… 火山の溶岩《ようがん》が円柱のように露出《ろしゅつ》して残った岩。
●岩鐘《がんしょう》… 溶岩《ようがん》が釣鐘《つりがね》のかたちに固まった岩。
●四本杉《しほんすぎ》… 地名。花《はな》巻《まき》駅の西一キロメートル。一時期、作者の勤《きん》務《む》した旧花巻《きゅうはなまき》農学校の北。四株《かぶ》の大杉《おおすぎ》があったところからついた。

春暁　――漢詩

春暁

孟《もう》　浩然《こうねん》

春眠不覚暁
処処聞啼鳥
夜来風雨声
花落知多少

春の暁《あさ》

春に眠《ねむ》れば暁《あさ》も覚《めざ》めず。
処処《そこここで》鳥啼《な》くを聞く。
夜は風雨来て声《さわ》ぐ。
花落つる知る、多少。

〈現代語訳《げんだいごやく》〉

春の夜明け

春の眠《ねむ》りは心地よくて夜が明けたのにも気がつかない。

横になったまま、あちこちで鳥が鳴いているのを聞く。

ゆうべは、雨や風の音がひどかったようだ。

花がどれくらい落ちただろうか。

●春眠…春の眠《ねむ》り。　●処処…あちらでもこちらでも。　●聞啼鳥…鳥が鳴くのを聞く。

●夜来…ゆうべ。　●知多少…どれくらいだろうか。

3 詩はきみから始まる

――遠い昔からの約束のように
今　ぼくが　ぼくという形になって
ここにいる――

（高階《たかしな》杞《き》一《いち》「約束」より）

記録

アーサー・ビナード

ミシガンのオーサブル川上流の、
ポプラの木にふちどられた一角に
ひんやりした水がたえず湧《わ》き出る
小さな沢《さわ》があった。子どものころ、
蛙《かえる》をさがしによくそこへ入り、
葦《あし》のあいだの泥《どろ》に、必ずといっていいくらい
大青鷺《おおあおさぎ》の足跡《あしあと》を見つけた。
ほっそりした指が、まえに三本、うしろに一本。
まっすぐのびて、とがったその爪《つめ》も
はっきりとわかった。どこに立って

小魚、あるいは蛙《かえる》をじっと待ったか
一目瞭然《いちもくりょうぜん》だった。

五千余《よ》年前、メソポタミアの湿地帯《しっちたい》で
葦《あし》を刈《か》りとり、その尖端《せんたん》を粘土《ねんど》におしつけ、
人間は初めて文字を書いた。「麦」「牛」「羊」
「羊毛」「魚」「水」……いまの人間が見ても
うなずける形のその絵文字が、記録する
という思いの足跡《あしあと》だった。ペンをとるたび、
キーボードを打つたびに、ぼくらは
メソポタミアの土に
記された線を
なぞっている。

●ミシガン…アメリカ合衆国《がっしゅうこく》中西部の州。
●一目瞭然《いちもくりょうぜん》…一目見てはっきりわかること。
●メソポタミア…チグリス川、ユーフラテス川一帯。古代文明が栄えた。

地球の時間

宍倉《ししくら》さとし

ガラスケースの棚《たな》のうえ
黄色の透明《とうめい》な琥珀《こはく》のなかに
一億一千年前の
ハチが一匹《ぴき》
うずくまっている

五ミリほどの小さなからだ
頭をもたげ　胸《むね》をはり
翅《はね》をひろげ　足をふんばって
こちらを見つめている

おでこをガラスにつけ
吸《す》い寄《よ》せられるように
拡大《かくだい》レンズ越《ご》しにのぞきこむ
ぼくに向かって
中世代白亜紀《はくあき》のハチが
口を閉《と》じたまま　顔で
「こんにちは」と言っている

ぼくも　思わず深呼吸《しんこきゅう》をして
「こんにちは」とつぶやく
犬吠埼《いぬぼうさき》の土のなか
永《なが》い眠《ねむ》りを続けていたハチが
目の前に　はだかり

●**琥珀《こはく》**…透明《とうめい》か半透《はんとう》明《めい》の赤みをおびた黄色の化石。
●**中世代白亜紀《はくあき》**…中生代最後の紀《き》。約一億四五〇〇万年前から約六六〇〇万年前までの時代。
●**犬吠埼《いぬぼうさき》**…千葉県銚《ちばけんちょう》子市《しし》の太平洋に突《つ》き出した岬《みさき》。

ぼくのほうが
小さな虫になったみたい

ハチとぼくとの間に横たわる
一億一千年という時間は
いったい　どこへ
消えてしまったんだろうか

このガラス越《ご》しの出会いで

（日本最古の虫入り琥珀展《こはくてん》で）

少年使節

竹中《たけなか》　郁《いく》

長崎《ながさき》のみなとの空はすきとおるように
青く　青く　晴れている
天正《てんしょう》十年フェブラロ　如月《きさらぎ》二十日《はつか》の朝
ぐるりを囲《かこ》む山々の屏風《びょうぶ》に
入江《いりえ》の海は時どき縮緬皺《ちりめんしわ》の波をちらすだけ
とびたつ鷗《かもめ》の羽音
水際《みぎわ》に立ち働く人びとのざわめき
船具《ふなぐ》のきしり
水夫《かこ》の応《いら》え　みなたちまちに空へと消える

この日　このみなとを船出するのは
わが日本はじめてのヨオロッパへの旅立ち人《びと》
年端《としは》もゆかぬ少年使節四人《よったり》
そのはじめは伊藤《いとう》・ドン・マンショ十五歳《さい》
そのつぎは千々岩《ちぢいわ》・ドン・ミゲール十五歳《さい》
控《ひか》えとしての中浦《なかうら》・ドン・ジュリアーノ十四歳《さい》
同じく控《ひか》えとしての原《はら》・ドン・マルチーニュ十四歳《さい》
かれら四人の凜々《りり》しい前髪《まえがみ》はつやつやしく
このあと　又《また》いつの日にか回《めぐ》りあえることか

——母者人《ははじゃびと》　さらばおすこやかにおわせ

●少年使節…天正《てんしょう》十（一五八二）年、大友宗麟《おおともそうりん》・大《おお》村純忠《むらすみただ》・有馬晴信《ありまはるのぶ》らキリシタン大名の名代としてローマへ派遣《はけん》された四名の少年を中心とした使節《しせつ》団《だん》。

●フェブラロ…ポルトガル語で二月。

●如月《きさらぎ》…陰暦《いんれき》二月。

●縮緬皺《ちりめんしわ》の波…縮緬《ちりめん》は、ちぢませた絹織物《きぬおりもの》。縮緬《ちりめん》の皺《しわ》のような、おだやかな波。

●応《いら》え…返事。

●母者人《ははじゃびと》　さらばおすこやかにおわせ…お母様、さようなら、お元気でいてください。

——母者人《ははじゃびと》　さらばおすこやかにおわせ
伊藤《いとう》マンショが落ちついた声につづいて
千々岩《ちぢいわ》ミゲールも亦《また》同じ挨拶《あいさつ》
ふたりの母は声もなく
ただ　うなずくだけ　身をふるわすだけ

この世で見《まみ》えるのはこれが最後と
ふたりの母は瞳《ひとみ》をこらし
頭のさきから足のさきまで
撫《な》でるような眼《め》のそぶり
抱《だ》きあいたい手のやり場が空《くう》をうつ

●瞳《ひとみ》をこらし…　目を見開いて。
●錨《いかり》…　船をとめておくために海におろす鉄のおもり。
●蒔絵《まきえ》…　漆塗《うるしぬ》りの表面に金銀の粉《こな》で描《えが》いた絵。
●アベ・マリヤ　アベ海の星…　アベはラテン語で何かをたたえるという意味で、アベ・マリアは聖母《せいぼ》マリアにささげる祈《いの》りのことば。海の星も、カトリック教会では聖母《せいぼ》マリアをさす。

――錨《いかり》を巻《ま》け　帆綱《ほづな》をたぐれ
船長《ふなおさ》イグナショ・ヂ・リマの掛《か》け声《ごえ》
少年四人《よったり》は
パァドレ・アレッサンドロ・ワリヤーニ師《し》の
促《うなが》しの合図に
岸から船へのあゆみ板をしずしず渡《わた》る
――長崎《ながさき》の入江《いりえ》の海よ四人《よったり》の姿《すがた》をわすれないでおいておくれ！
四人《よったり》の大小の太刀《たち》の蒔絵《まきえ》の金粉《きんぷん》が
ささやくように水にうつる

――アベ・マリヤ　アベ海の星　この子らを守らせたまえ
――アベ・マリヤ　アベ海の星　つつがなくこの子らを

わが日の本へ帰りつかせたまえ

――アベ・サンタマリヤ　この日の本のいとけなき使い
ドン・バルトロメオ大村《おおむら》の純忠《すみただ》よりのもろもろの手紙
ローマ御本山《ごほんざん》のゼスス　またコンパニヤ、ゼラルへの
ことずけをもちたれば、めでたく千里万里の道をみち
びきたまえ

岸からのいのりのこえ
船からのいのりのこえ
振《ふ》り香炉《こうろ》の煙《けむ》りのように立ちのぼる

この四人《よったり》が行きつく先はイタリアのロオマ
この船が船がかりする港々は数しれず
国は異《こと》なり　人も異《こと》なり　言葉も異《こと》なり
たべもの　のみもの　立ち居《い》ふるまい皆異《みなこと》なる
あらしもあろう
鱶《ふか》も出よう
熱い国の疫病《えきびょう》もあろう
ポルツガル国の港リスボアへは
さて幾年《いくとせ》のちにつくであろう

――マンショ殿《どの》ぃのう
――ミゲール殿《どの》ぃのう

●サンタマリヤ… これも、イエスの母、聖母《せいぼ》マリアのこと。
●大村《おおむら》の純忠《すみただ》… 大村純忠《おおむらすみただ》。天文《てんぶん》二（一五三三）年～天正《てんしょう》一五（一五八七）年。戦国時代・安土桃山《あづちももやま》時代の大名。日本ではじめてのキリシタン大名で、ドン・バルトロメオは洗礼名《せんれいめい》。長崎港《ながさきこう》を開港した。
●ゼスス… イエス・キリスト。ここではその代理者としてのローマ教皇《きょうこう》を指すか。
●コンパニヤ… ポルトガル語でイエズス会（カトリック教会の男子修道会）。
●ゼラル… ポルトガル語で首長《しゅちょう》（集団《しゅうだん》や団体《だんたい》の上に立ってまとめる人）の意味。ここでは、イエズス会総会長《そうかいちょう》。

——ジュリアーノ殿《どの》ぃのう
——マルチーニュ殿《どの》ぃのう

いま　イグナショ・ヂ・リマの船は
三本の帆柱《ほばしら》の数多《あまた》の帆桁《ほげた》に帆《ほ》をかかげる
稲佐《いなさ》の丘《おか》もうすくかすみ
大浦《おおうら》のふもとの家ももう見えない
伊藤《いとう》マンショの母親は
千々岩《ちぢいわ》ミゲールの母親は
船のあとを追っているのか
その場へ泣きくずれているのか

――マンショ殿《どの》ぃのう
――ミゲール殿《どの》ぃのう
それがまだきこえるようだ
――ジュリアーノ殿《どの》ぃのう
――マルチーニュ殿《どの》ぃのう
それがまだ谺《こだま》になって
長崎《ながさき》の入江《いりえ》の中をあちこち動いているようだ

☆

その旅立ちの日と今日との間には
三百七十七年がはさまっている

●稲佐の丘《いなさのおか》… 稲佐山《いなさやま》。長崎市《ながさきし》にある山。標高三三三メートル。
●大浦《おおうら》… 長崎市《ながさきし》の地名。

四人《よったり》の少年と四人《よったり》の母
その行末《ゆくすえ》はさだかに知らない
その墓《はか》のありかも知らない

今日
長崎《ながさき》の港の空は
青く晴れわたっている
大きな造船所《ぞうせんしょ》では世界で指折りの巨大《きょだい》な鋼鉄船《こうてつせん》を造《つく》っている
港は行き交う船の発動機のひびきで一ぱいだ

その空へ出てきた雲は
イグナショ・ヂ・リマの船の

舳《へさき》に刻《きざ》みこんだ獅子《しし》の姿《すがた》に似通《にかよ》ってみえる
もいちど船出をするような勢《いきお》いにみえる

●舳《へさき》……船の先。

毬《まり》と殿《との》さま

西條《さいじょう》八十《やそ》

てんてん手毬《てまり》てん手毬《てまり》
てんてん手毬《てまり》の手がそれて
どこからどこまで飛んでった
お屋根をこえて垣《かき》こえて
おもての通りへとんでったとんでった

おもての行列なんじゃいな
紀州《きしゅう》の殿《との》さまお国いり
金紋先箱供《きんもんさきばこども》ぞろい

お籠《かご》のそばには髭奴《ひげやっこ》
毛槍《けやり》をふりふりやっこらさのさ

てんてん手毬《てまり》はてんてんころり
はずんでおかごの屋根の上
もしもし紀州《きしゅう》のお殿《との》さま
あなたのお国のみかん山
わたしに見せてくださいなくださいな

おかごは行きます東海道《とうかいどう》
東海道《とうかいどう》は松並木《まつなみき》
とまりとまりで日がくれて

●紀州《きしゅう》… 紀伊国《きいのくに》。和《わ》歌山県《かやまけん》と三重県《みえけん》南西部にあたる。
●お国いり… 大名が自分の領地《りょうち》に行くこと。
●金紋先箱《きんもんさきばこ》… 大名行列の先頭にかつがせた金の紋《もん》入りの物入れの木箱。
●髭奴《ひげやっこ》… ほおひげのある武家の召使《めしつか》い。
●毛槍《けやり》… 棒《ぼう》の上にかざりがついていて、どの大名家なのかわかるしるし。

一年たっても、もどりゃせぬ
二年たっても、もどりゃせぬもどりゃせぬ

てんてん手毬《てまり》は殿《との》さまに
だかれてはるばる旅をして
紀州《きしゅう》はよい国日のひかり
山の蜜柑《みかん》になったげな
赤い蜜柑《みかん》になったげななったげな

おとうさんが少年だったころ

大日方《おびなた》　寛《ひろし》

おとうさんが少年だったころ
この世の中から　白い色が姿《すがた》を消しちゃったんだ
白い色がなくなったんですって　おとうさん――
でも　ご飯は白かったでしょう
いや　ご飯は白くなかった
そのころ　ついてない玄米《げんまい》ってものが配給された

●配給…第二次世界大戦の戦中、戦後の物がない時代の食品や生活に必要な物を国民に公平にわけるための制度《せいど》。

それは　たいても　ポロポロとしてまっ黒だった
もっともそれも　一升《しょう》びんの米つきで　少しは白くなるにはなったがね
それから　黄色いご飯　わかるかね
それから　赤いご飯　赤いったって赤飯《せきはん》じゃないんだよ
緑のもあった
それは　野菜のはいった雑炊《ぞうすい》ってやつで
あっちこっちの食堂《しょくどう》に　行列つくって食べたっけ
緑っていえば　粉《こな》にも緑がまじっていた

でも　おとうさん　紙は白かったでしょう
とんでもない　白い紙なんか見たくてもなかった
紙はみな茶色だった

それにザラザラしていた　とくに裏《うら》はひどかった
どこにも　白い障子《しょうじ》はなかった
今になって考えてみると
ほんとうの希望やほんとの夢《ゆめ》を　自由にかける白紙なんか
まったくなかったんだよ

なんですって　おとうさん――
シャツや手拭《てぬぐい》は　白かったでしょう
いや　それも紙と同じことさ
手もちのものは　汗《あせ》で黄色くなって　ツギハギだらけ
そのツギの糸も　白には白ってわけには　いかなかったんだよ
ねえ　おかあさん

●雑炊《ぞうすい》…ごはんと野菜などを汁《しる》にいれて味をつけ、やわらかく煮《に》たもの。おじや。

ええ　手拭《てぬぐい》も　お砂糖《さとう》も　セッケンも　まったくありませんでしたね
白といえば　ヤギの乳《ちち》がほんとに白かった
私《わたし》たちは　年とったヤギの乳房《ちぶさ》に吸《す》いついて大きくなったみたいなものよ

そうだ　白が追放されたといえば
白い土蔵《どぞう》の壁《かべ》がそうだった
まっ黒にぬったくられてしまったんだ
白壁のある田舎《いなか》の風景なんか　なくなってしまったんだよ

でも　おとうさん
雲は白かったでしょう

雪も白かったでしょう
それに
砕《くだ》ける滝《たき》
高原にならぶシラカバ

いや　雲は　まっ黒だった
うん　雪はたしかに白かった　その大雪の前でふるえていたっけ！
砕《くだ》ける滝《たき》　高原にならぶシラカバ
悲しいことに　おとうさんには　それを見た思い出はないんだよ

なんですって　おとうさん――

●シラカバ…　山の日あたりのよい場所に生える。樹皮《じゅひ》は白く、うすくはげる。

蓄音機《ちくおんき》

田代《たしろ》しゅうじ

その日は朝から
トルーマン大統領《だいとうりょう》や
チャーチル首相の
大きな藁《わら》人形を竹ヤリでついた
大きな藁《わら》人形はぼろぼろこわれた
国民学校二年生の夏の朝だった
「ヤーッ　ヤーッ　ヤーッ」
「ヤーッ　ヤーッ　ヤーッ」
大きな声をだして汗《あせ》びっしょりになった

●蓄音機《ちくおんき》…　レコードの音を再生《さいせい》する装置《そうち》。

●トルーマン大統領《だいとうりょう》…　一八八四～一九七二年。アメリカ合衆国《がっしゅうこく》の第三三代大統領《だいとうりょう》。ただし、就任《しゅうにん》は一九四五年四月(一九五三年まで)。

●チャーチル首相…　一八七四～一九六五年。一九四〇～一九四五年、

それでも軍隊服を着た大山先生は
「諸君《しょくん》は声が小さいッ　気合がたらん」
と、大声でどなりながら、校庭をぐるぐる、歩き回っている
少年たちは大山先生の大声におびえていた

二時間目　音楽の時間でもないのに
女先生が蓄音機《ちくおんき》を抱《だ》いて教室に来た
「今日は敵《てき》の、飛行機の音　爆音《ばくおん》を聞いて
おぼえておいて下さい」

先生がレコードをのせた
音のない世界から
男の声で「B29　高度二万二千フィート」

イギリスの首相をつとめる。
●国民学校…一九四一年の国民学校令によって設置《せっち》された戦時中の小学校で、戦後すぐの一九四七年まであった。この詩が一九三七年三月生まれの作者の実体験にもとづくものと考えると、「国民学校二年生」は一九四四年で、この年の夏あたりから、アメリカのB29爆《ばく》撃《げき》機《き》を中心とした空襲《くうしゅう》が開始された。
●B29…アメリカで開発された大型爆撃機《おおがたばくげきき》。「B」は「Bomber（爆撃機《ばくげきき》）」の頭文字で、その後の数字は、開発の順序《じゅんじょ》を示《しめ》している。

ウオーンウオーンウオーンウオーン
目を閉《と》じて聞いていると、その音はだんだん大きくなって聞こえてきた
静かになって
男の声で「Ｂ52　高度一万六千フィート」
グオーングオーングオーングオーン
少年たちに、その音を実際《じっさい》に聞き分けることはむつかしかった

まだそのころ
神国日本の空に
アメリカの飛行機が飛んでくるなどとは
想像《そうぞう》もしていなかった

●B52…アメリカ空軍の爆撃機《ばくげきき》。ただし、運用開始は太平洋戦争後の一九五五年で、作者の記憶《きおく》ちがいかと思われる。アメリカ軍の爆撃機《ばくげきき》の爆音《ばくおん》を収録《しゅうろく》したレコードは実際《じっさい》に作られ、全国の国民学校などに配布《はいふ》された。

●神国日本…日本は神である天皇《てんのう》が治める国という考えかた。

イムジン河《がわ》

朴《パク》　世永《セヨン》／松山《まつやま》　猛《たけし》・訳《やく》

イムジン河《がわ》　水清く
とうとうと流る
水鳥自由にむらがり飛びかうよ
わが祖国《そこく》　南の地
おもいははるか
イムジン河《がわ》　水清く
とうとうと流る

北の大地から

南の空へ
飛びゆく鳥よ　自由の使者よ
だれが祖国《そこく》を
二つにわけてしまったの
だれが祖国《そこく》をわけてしまったの

イムジン河《がわ》　空遠く
虹《にじ》よかかっておくれ
河《かわ》よ　おもいを伝えておくれ
ふるさとをいつまでも
忘《わす》れはしない
イムジン河《がわ》　水清く
とうとうと流る

●イムジン河《がわ》…　朝《ちょう》鮮半島《せんはんとう》中部の山岳部《さんがくぶ》に源《みなもと》があり、黄海《こうかい》に注ぐ川。全長二五四キロメートル。韓《かん》国《こく》と北朝鮮《きたちょうせん》のあいだを流れる。

わたしが一番きれいだったとき

茨木《いばらぎ》のり子《こ》

わたしが一番きれいだったとき
街々はがらがら崩《くず》れていって
とんでもないところから
青空なんかが見えたりした

わたしが一番きれいだったとき
まわりの人達が沢山《たくさん》死んだ
工場で　海で　名もない島で
わたしはおしゃれのきっかけを落してしまった

わたしが一番きれいだったとき
だれもやさしい贈物《おくりもの》を捧《ささ》げてはくれなかった
男たちは挙手の礼しか知らなくて
きれいな眼差《まなざし》だけを残し皆発《みなた》っていった

わたしが一番きれいだったとき
わたしの頭はからっぽで
わたしの心はかたくなで
手足ばかりが栗色《くりいろ》に光った

わたしが一番きれいだったとき

●挙手の礼…ひじをはって、ひたいのところへ右手をあげ、相手に注目する敬礼《けいれい》。主に軍隊などの組織《そしき》で行われる。

わたしの国は戦争で負けた
そんな馬鹿《ばか》なことってあるものか
ブラウスの腕《うで》をまくり卑屈《ひくつ》な町をのし歩いた

わたしが一番きれいだったとき
ラジオからはジャズが溢《あふ》れた
禁煙《きんえん》を破《やぶ》ったときのようにくらくらしながら
わたしは異国《いこく》の甘《あま》い音楽をむさぼった

わたしが一番きれいだったとき
わたしはとてもふしあわせ
わたしはとてもとんちんかん

わたしはめっぽうさびしかった
だから決めた　できれば長生きすることに
年とってから凄《すご》く美しい絵を描いた
フランスのルオー爺《じい》さんのように
ね

●ルオー…　一八七一～一九五八年。フランスの画家。

テスト中の地震《じしん》

重清良吉《しげきよりょうきち》

テスト中に
「地震《じしん》だ！」
みんな机《つくえ》の下にもぐった

A子は机《つくえ》の下で
家のことを考えた
おかあさんやインコのこと……

B男は会社の
おとうさんのことを思った

やっぱりこうして
社長さんと並《なら》んで
もぐっているのかなあ……

C子は地震《じしん》が
もっと続けばいいと願っていた
あぶなくないていどに
ぴったしテストの終わる時間まで……
D男はすごいことを空想していた
地震《じしん》でつぶれた学校のこと――
そしたらあしたから
長い長い休みになるだろう

ご期待にこたえず
地震《じしん》はおさまり
ふたたびテストは始まった
やつぁたりのいすや筆箱が
百日ぜきのように
うるさい音をたてた

ほっとして先生は
窓《まど》の外を眺《なが》めていた
小さな菜園があって
そこの菜っぱの色だけが
生き生き見える
先生は戦争中の

なぜか防空壕《ぼうくうごう》をおもいだした
むかしの仲間たちは元気だろうか
こんやいなかに
ひさびさに便りをかこうと思った

C子はフグになってふくれ
D男は名前だけ
消してはかいて
テストはまだつづいていた
A子はとうに見なおしをすまし
B男は給食室からのにおいを
しきりと分析《ぶんせき》していた

●百日ぜき… 急性《きゅうせい》の感《かん》染症《せんしょう》。けいれんを伴《ともな》うせきが二～六週間つづく。
●防空壕《ぼうくうごう》… 空襲《くうしゅう》をのがれるために、地面に穴《あな》を掘《ほ》って作る待避所《たいひしょ》。

今どき

高橋忠治《たかはしちゅうじ》

むかいのおばさんが
おすそわけだけどと、ネギの束をおき
——今どきの子どもは、手かげんというものを
　知らんからねえー
そうつぶやいて、帰っていった。

ぼくは、ネギを勝手口へ運んだ。
運びながら、
ネギを包んだ新聞に目をやった。
「中学生が公園で乱闘《らんとう》・二人が重傷《じゅうしょう》」

ははあ、このことかと
なお、新聞に目をやると
「ミサイル攻撃《こうげき》で、民間人　数十名死傷《ししょう》」
と、大きな活字。

——今どきの大人は、手かげんというものを
　知らんからなあー
ぼくは部屋にもどって
今どきのマンガを開いた。

ほどなくして
今どきの母さんが
今どきのスーパーから
今どきの冷凍《れいとう》ピザを買ってきた。

大きな古時計

ヘンリー・クレイ・ワーク　／保富康午《ほとみこうご》・訳《やく》

大きなのっぽの　古時計
おじいさんの　時計
百年　いつも動いていた
ご自慢《じまん》の時計さ
おじいさんの　生まれた朝に
買ってきた　時計さ
いまは　もう動かない　その時計

百年休まずに
チク　タク　チク　タク
おじいさんといっしょに
チク　タク　チク　タク
いまは　もう動かない　その時計

何でも知ってる　古時計
おじいさんの　時計
きれいな花嫁《はなよめ》　やってきた
その日も動いてた
うれしいことも　悲しいことも

みな知ってる　時計さ
いまは　もう動かない　その時計

百年休まずに
チク　タク　チク　タク
おじいさんといっしょに
チク　タク　チク　タク
いまは　もう動かない　その時計

真夜中に　ベルが鳴った
おじいさんの　時計
お別れのときが　きたのを

みなにおしえたのさ
天国へのぼる　おじいさん
時計とも　お別れ
いまは　もう動かない　その時計

百年休まずに
チク　タク　チク　タク
おじいさんといっしょに
チク　タク　チク　タク
いまは　もう動かない　その時計

夏休み

木坂《きさか》　涼《りょう》

耳をちかづけて
スイカをノックした夏休みが
あった
わたしは一年生だった

笛の合図で
プールにとびこんだ夏休みが
あった
わたしは二年生だった

かんらん車で
空を大きく一周した夏休みが
あった
わたしは三年生だった

いなびかりに
パッとストロボたかれた夏休みも
あった
わたしは四年生だった

テレビをみてても

●ストロボ…暗いところで写真をとるときに使う小さな電球。シャッターがひらく短い時間に強い光を放つ。

ストロボの
いっしゅんみたいに
宿題がきになる夏休みが
あった
わたしは五年生だった

六年生の夏休み
いったい
わたしは
どんなわたし？

人間の夢《ゆめ》

小野《おの》十三郎《とおざぶろう》

太陽の都、カンパネラ
ウェノルスの未来都市と
子どものころから
わたしが読みふけった空想物語をあげると
かずかぎりもない。
それらの本の中では
人間の夢《ゆめ》はいつも

●太陽の都、カンパネラ…『太陽の都』（一六〇二年）は、イタリアの聖職者《せいしょくしゃ》・哲学者《てつがくしゃ》のカンパネラ（一五六八〜一六三九年）の著作《ちょさく》。理想社会を描《えが》いたユートピア文学。

●ウェノルスの未来都市…ウェノルスはH・G・ウェルズ（一八六六〜一九四六年）のことと思われる。ウェルズはSFの父と呼《よ》ばれ、未来の世界や宇宙《うちゅう》を舞台《ぶたい》に多くの小説を書いた。

そびえたつ大高層建築《だいこうそうけんちく》と
その間をベルトのように縦横《たてよこ》にはしる
高架《こうか》道路のかたちでもって現《あら》わされていた。
そしてそれは
ふしぎなしずかさが支配《しはい》する世界であった。
わたしはただばく然と
二百年か三百年かのちには
いつかわが大阪《おおさか》もそうなるかもしれないなアとおもっていた。
わたしが立っていたのは
古い柳《やなぎ》の木などがまだ残っている
西横堀《にしよこぼり》の暗い川のほとりだった。

この川に鉄とコンクリートを打ちこんだひとたちも
あのときのわたしと同じように
小さい子どもであった
未来というものは
案外わたしたちの手の
とどくところにある。

●西横堀《にしよこぼり》… 西横堀川《にしよこぼりがわ》。かつて大阪市《おおさかし》を流れていた運河《うんが》だが、ほぼ埋《う》め立てられた。長さ約二・五キロメートル。

隠《かく》し場所

西沢杏子《にしざわきょうこ》

リスがどんぐりを隠《かく》しました
隠《かく》した場所を忘《わす》れました
そういう微笑《ほほえ》ましいことではなく

人間がひた隠《かく》しに隠《かく》して化石化し
忘《わす》れようとしているのは核《かく》のごみ
放射能《ほうしゃのう》に汚染《おせん》された多くの事物《things》

機材、土砂《どしゃ》、衣類、ヘルメット、
原発反対者の危惧《きぐ》、賛成者《さんせいしゃ》の安全宣言《せんげん》……etc.

核《かく》のごみを埋《う》めるため
大地を海溝《かいこう》を何百メートルも掘《ほ》り下げろ
巨大《きょだい》な石棺《せっかん》を造《つく》れ
隠《かく》し場所の図面は正確《せいかく》に引け
地殻《ちかく》変動の恐怖《きょうふ》は無論《むろん》
忘《わす》れやすい工夫まで盛《も》り込《こ》め
後世に災《わざわ》いをもたらす数々の予感ごと
すっぽり覆《おお》う算段《さんだん》をせよ

●危惧《きぐ》… 悪くなるのではないかという心配。
●算段《さんだん》… 目的をはたすための方法を考えること。

おー！《Oh!》　それでもなお《Nevertheless》
幾《いく》万年か後には隠《かく》し場所が曝《さら》される
わたしはその瞬間《しゅんかん》に
ミイラになって居合《いあ》わせたい
亜麻布《あまぬの》と包帯で
ぐるぐる巻《ま》きのまま
お詫《わ》びのおじぎをしたい
申《もう》し訳《わけ》なさのあまり
突然《とつぜん》ぺろんと骸《むくろ》になるにしても
顎《あご》をコクコク鳴らしながら

リスの隠《かく》したどんぐりは
原始の森をつくっているというのに

と　つぶやかなくてはならない

●骸《むくろ》…死体。なきがら。

約束

高階杞一《たかしなきいち》

世界の始まりの時
ぼくはそこにいなかった
まだ
ミジンコやプランクトンにさえ
なっていなかった

大きなガスの塊《かたま》りが
ぐるぐると回っているうちに
いつか地球という星ができ

火と水がぶつかり合って
やがてひとつぶの命が生まれ

それが
ぼくの始まり

今から何十億年か前
そんな
遠い昔からの約束のように
今　ぼくが　ぼくという形になって
ここにいる

ふしぎだ

●ミジンコ…池や水田にいる、ごく小さな節足動物。
●プランクトン…水のなかにすむ、目に見えないくらいの動植物。

4 詩はきみを疑《うたが》う

——あしたのあたしは
あたらしいあたし——
（石津《いしづ》ちひろ「あした」より）

くまさん

まど・みちお

はるが　きて
めが　さめて
くまさん　ぼんやり　かんがえた
さいているのは　たんぽぽだが
ええと　ぼくは　だれだっけ
だれだっけ

はるが　きて
めが　さめて
くまさん　ぼんやり　かわに　きた
みずに　うつった　いいかお　みて
そうだ　ぼくは　くまだった
よかったな

かたつむり

三越《みつこし》左千夫《さちお》

のろのろ　のろのろ
あるいて　いても
それは　いっしょけんめい
かたつむり

のろのろ　のろのろ
あるいて　いても
ちゃんと　とおくへゆける
かたつむり

のろのろ　のろのろ
あるいて　いても
それは　のろまではない
かたつむり

カマキリ

畑中圭一《はたなかけいいち》

カマを　もってるさかい
ニンゲンに　きらわれるねン
にくまれるねン
もう　カマ　ほってまおか
　いや　でけへんな

ぶらり　であるくさかい
ニンゲンに　とっつかまるねン

いじくられるねン
もう　そと　あるかんどこ
　いや　でけへんな

かっこが　けったいやさかい
ニンゲンに　わらわれるねン
ころされるねン
もう　カマキリ　やめたいわ
　いや　でけへんな

だだずんじゃん

川崎《かわさき》　洋《ひろし》

てつぼうの　さかあがり　はじめてできた
だだずんじゃん

またひとり　ともだちふえた
だだずんじゃん

あそこんちのイヌ
やっとぼくをおぼえて　ほえなくなった
だだずんじゃん

ぼくのハムスターがこどもをうんだ
だだずんじゃん

とうさんが　でんわちょうでしらべたら
うちとおなじなまえのうちが
このまちにきゅうけんあったって
だだずんじゃん

おばあちゃんが　なくなった
あとちょっとで　ひゃくさいだったのに
だだずんじゃん

おとしだま
どこかに　おとしてしまった
だだずんじゃん

じゃんけんぽん！　のかわりに
だだずんじゃん

だだずんじゃん
それは　ぼくがつくったことば
だだずんじゃん

シーソー

北原悠子《きたはらゆうこ》

一まいの板の
北極と　南極で
おまえと私《わたし》は
地球を支点《してん》にして
向かい合う

ただすわるだけで
わたしの重量は

おまえを　軽々と
大気圏外《たいきけんがい》に放り上げる

はじめから傾《かたむ》いた
危《あや》うい地軸《ちじく》のバランス――

けれども　私《わたし》たちは
いのちの重さで
空と　海のように
どこまでもつり合う

●地軸《ちじく》…　地球の中心を南北につらぬく直線。

せりふのない木

永窪綾子《ながくぼあやこ》

学芸会で、一本の木になったことがある。台詞《せりふ》のない、舞台《ぶたい》の後ろで両手をあげ、ただ風に吹《ふ》かれているだけのつまらない役だ……。それを知った母さんは言った。「木になることだって大切なことなのよ」。

次の日から、どうすれば、本物の木になれるだろうかと、けんめいに練習にはげんだ。それ以来、ぼくは木を見るたびに、木々が親しい友のように思えてくるのだ。

ときどき、ふと、ぼくは道ばたで、一本の木になりたくなることがある。ひとり棒立《ぼうだ》ちになっていると、そよ風が母の手のように、ぼくの頬《ほほ》をふれ、陽《ひ》の光が背中《せなか》をあたためる。

そして、ぼくは、ゆっくり、あたりを見わたす。すると、なぜか動かないでじっとつっ立っているだけなのに、嬉《うれ》しさが、楽しさがこみあげてくるのだ。

いつか、世界で一番美しく、ぼくのこころの梢《こずえ》のてっぺんを夕日が染《そ》めるだろう。その時、母を添木《そえぎ》にして、ぼくは耳にする。「木になることだって　ほんとうに大切なことなのよ」と。

●添木《そえぎ》…草や木がたおれないように、ささえとして、あてがう木。

まつおかさんの家

辻《つじ》　征夫《ゆきお》

ランドセルしょった
六歳《さい》のぼく
学校へ行くとき
いつもまつおかさんちの前で
泣きたくなった
うちから　四軒《けん》さきの
小さな小さな家だったが
いつも　そこから
ひきかえしたくなった

がまんして　泣かないで
学校へは行ったのだが

ランドセルしょった
六歳《さい》の弟
ぶかぶかの帽子《ぼうし》かぶって
学校へ行くのを
窓《まど》から見ていた
ぼくは中学生だった
弟は
うつむいてのろのろ
歩いていたが

いきなり　大声で
泣きだした
まつおかさんちの前だった

ときどき
未知の場所へ
行こうとするとき
いまでも　ぼくに
まつおかさんちがある
こころぼそさと　かなしみが
いちどきに　あふれてくる
ぼくは　べつだん泣いたって

かまわないのだが
叫《さけ》んだって　いっこうに
かまわないのだがと
かんがえながら　黙《だま》って
とおりすぎる

カメレオン

はたちよしこ

動物園の人に　たずねた
――カメレオンは
生まれたときは　なに色で
死んだときは　なに色ですか

係の人は　すぐ答えてくれた
――生まれたときは　生まれたところの色
死んだときは　死んだところの色

カメレオンは
長い舌《した》をまいて　だまっていた
いま　いるところの色をして

五月

菅原優子《すがわらゆうこ》

けんこう骨《こつ》のあたりを
ときどき　さわる
わたしのなかに　たたまれてある
うすい　はねが
せなかを　わって
芽ぶきそうな　気がして

●けんこう骨《こつ》…両肩《かた》の後ろにある、丸みのある三角形の骨《ほね》。かいがらぼね。

うそをついた日

糸井重里《いといしげさと》

神さま。
わたしが　うそをついた日を
「うその日」として　祝日にしてください。
そうすれば
みんながよろこぶと思います。
そうすれば
わたしが　あんしんできます。

森のこども

日野生三《ひのしょうぞう》

目をさますと
ぼくの　こころのおくには
いつものように　あたらしい森がうまれている
そこでは　ひとりのこどもが
しきりに斧《おの》をふるっているのだ
がっしーん　こーん
がっしーん　こーん
かたっぱしから樹《き》という樹《き》を
朝靄《あさもや》のなかになぎ倒《たお》してゆく

そのこどもはだれなのか
なんのために樹《き》を伐《き》っているのか　わからないが
やすむことなく　はたらきつづけ
黄昏《たそがれ》せまるころまでに
森をまるはだかにしてしまう

すると
できたての切り株《かぶ》のうえに
ちょっこり腰《こし》をおろしたこどもは
ぼんやり　倒《たお》れた樹々《きぎ》をみまわしているのだが
ふいに　があーんとだだっぴろい
森あとにきがついて
かすかな吐息《といき》をもらすのだ

●黄昏《たそがれ》…夕暮《ゆうぐ》れ。

目をさますと
ぼくの　こころのおくには
いつものように　あたらしい森がうまれている

わたしを束ねないで

新川和江《しんかわかずえ》

わたしを束ねないで
あらせいとうの花のように
白い葱《ねぎ》のように
束ねないでください　わたしは稲穂《いなほ》
秋　大地が胸《むね》を焦《こ》がす
見渡《みわた》すかぎりの金色《こんじき》の稲穂《いなほ》

わたしを止めないで
標本箱の昆虫《こんちゅう》のように

●あらせいとうの花…ストックと呼《よ》ばれることもある。

高原からきた絵葉書のように
止めないでください　わたしは羽撃《はばた》き
こやみなく空のひろさをかいさぐっている
目には見えないつばさの音

わたしを注《つ》がないで
日常性《にちじょうせい》に薄《うす》められた牛乳《ぎゅうにゅう》のように
ぬるい酒のように
注《つ》がないでください　わたしは海
夜　とほうもなく満ちてくる
苦い潮《うしお》　ふちのない水

わたしを名付けないで

娘《むすめ》という名　妻《つま》という名
重々しい母という名でしつらえた座《ざ》に
坐《すわ》りきりにさせないでください　わたしは風
りんごの木と
泉《いずみ》のありかを知っている風

わたしを区切らないで
，《コンマ》や・《ピリオド》いくつかの段落《だんらく》
そしておしまいに「さようなら」があったりする手紙のようには
こまめにけりをつけないでください　わたしは終りのない文章
川と同じに
はてしなく流れていく　拡《ひろ》がっていく　一行の詩

くらげの唄《うた》

金《かね》子《こ》光《みつ》晴《はる》

ゆられ、ゆられ
もまれもまれて
そのうちに、僕《ぼく》は
こんなに透《す》きとおってきた。

だが、ゆられるのは、らくなことではないよ。
外からも透《す》いてみえるだろ。ほら。
僕《ぼく》の消化器のなかには

毛の禿《ち》びた歯刷子《はぶらし》が一本、
それに、黄《きい》ろい水が少量。

心なんてきたならしいものは
あるもんかい。いまごろまで。
はらわたもろとも
波がさらっていった。

僕《ぼく》？　僕《ぼく》とはね、
からっぽのことなのさ。
からっぽが波にゆられ、
また、波にゆりかえされ。

しおれたかとおもうと、
ふじむらさきにひらき、
夜は、夜で
ランプをともし。

いや、ゆられているのは、ほんとうは
からだを失《な》くしたこころだけなんだ。
こころをつつんでいた
うすいオブラートなのだ。

いやいや、こんなにからっぽになるまで

ゆられ、ゆられ
もまれ、もまれた苦しさの
疲《つか》れの影《かげ》にすぎないのだ！

●オブラート…でんぷんで作ったうすく、すきとおった膜《まく》。ゼリーや粉《こな》薬《ぐすり》をつつむ。

るす

留守《るす》と言え
ここには誰《だれ》も居《お》らぬと言え
五億年経《た》ったら帰って来る

高橋新吉《たかはししんきち》

あした

あしたのあたしは
あたらしいあたし
あたしらしいあたし

あたしのあしたは
あたらしいあした
あたしらしいあした

石津《いしづ》ちひろ

詩を書こう

鉄棒《てつぼう》とタンポポ

詩人　菊永《きくなが》謙《ゆずる》

詩っておもしろいなとわたしが思ったのは、小学六年生の時です。「夏休みの友」に、村野四郎《むらのしろう》の詩「鉄棒《てつぼう》」がのっていました。日頃《ひごろ》、何気なく鉄棒《てつぼう》にぶら下がり一回転しているだけなのに、その動きが目に浮《う》かぶようにおもしろく描《えが》かれていました。こんな書き方もあるんだと、おどろきました。

詩って新鮮《しんせん》だなと思って、九月の中頃《なかごろ》に学校の図書室で詩のアンソロジーを借りて読んでみました。四十くらいの詩が載《の》っていましたが、あまりよくわからない作品も多かったです。ただ、山村暮鳥《やまむらぼちょう》の「雲」や丸山薫《まるやまかおる》の「汽車にのって」など、わかりやすい詩に心ひかれ詩を読みはじめました。

詩って何だろうと思っているあなたにこそ、この詩のアンソロジーを読んでほしいです。あなたが「自分もこんな気持ちになったことあるな」とか「こんなことを考えたり、感じたりしている人もいるんだ」とか「すてきな表現《ひょうげん》だな」と感じた時に、新しい世界との出会いがあるかもしれません。

詩の材料は、あなたのまわりにも、いろいろと転がっています。道ばたにひっそりと咲《さ》いているタンポポやスミレを見た時、答案を返されしょんぼり雲をながめた時、帰り道で片思《かたおも》いの子と出会った時など、自分の心の動きを正直にノートに書いてみましょう。すると、そこに、あなただけのすてきな詩が生まれてくるでしょう。わたしの春先の出会いの場合は……

タンポポ

菊永《きくなが》　謙《ゆずる》

落ち葉の間から
小さな黄色の伝言
もうすぐ春ですよ
前を向いて歩こう

解説《かいせつ》

心の奥《おく》にある大切な箱に

藤田《ふじた》のぼる

この巻《かん》を少し開いてみた方は、いきなりちょっと意外に思われたかも知れません。第一章の「詩はきみを映《うつ》しだす」という章タイトルの横に引用した「窓《まど》」という詩の作者が新美南吉《にいみなんきち》だからです。新美南吉《にいみなんきち》は「ごんぎつね」の作者として有名ですが、彼《かれ》が生きていた大正《たいしょう》時代から昭和《しょうわ》の初めにかけて、『赤い鳥』という雑誌《ざっし》が出ていました。愛知県半田市《あいちけんはんだし》に住んでいた中学生（今の高校生）時代から、南吉《なんきち》はこの雑誌《ざっし》に熱心に投稿《とうこう》し、実は「ごんぎつね」もそうした投稿《とうこう》作品だったのです。

そして、南吉《なんきち》が童話と共に熱心に投稿《とうこう》したのが童謡《どうよう》で、三年余《あま》りの間に、二十三編《ぺん》もの童謡《どうよう》が採用《さいよう》されましたが、その最初の作品が、この「窓《まど》」だったのです。とてもシンプルな詩ですが、何かにひそかにあこがれている、あるいはじっと何かを待っているような作者の気持ちが、伝わってくるようです。

この巻《かん》は、その「詩はきみを映《うつ》しだす」から始まって、「詩はきみと夢《ゆめ》を見る」「詩はきみから始まる」そして「詩はきみを疑《うたが》う」の四章構成になっています。四つの章というのは、交響曲《こうきょうきょく》（ベートーベンの「運命」が有名ですね）と同じです。第二章の最初に置かれた「遠き山に日は落ちて」（堀内敬三《ほりうちけいぞう》）は、ドボルザークの交響曲《こうきょうきょく》「新世界より」の第2楽章のメロディーに合わせて作られた歌詞《かし》です。実はこの曲には何人もの人が詞《し》をつけていますが（宮沢賢治《みやざわけんじ》も！）、哀調《あいちょう》を帯びた曲調にあまりにもぴったりで、とても後からつけられたものとは思えません。そして、章タイトルの所に引用した「薬缶《やかん》だって、空を飛ばないとはかぎらない。」（入沢康夫《いりさわやすお》）もまた、すごい詩ですね。作者が意識《いしき》したかどうか、薬缶《やかん》が飛ぶとすれば多分「夜間」でしょうし、「未確認《みかくにん》飛行物体」（つまりＵＦＯ）というタイトルが、この詩をスケールアップしています。タイトルから、すでに詩は始まっているのです。

　第三章の「詩はきみから始まる」には、時間や歴史《れきし》を題材、モチーフにした詩がならんでいます。人間は限《かぎ》られた時間しか生きることができませんが、思いを馳《は》せればもっともっと長い時間を旅することもできます。逆《ぎゃく》に言えば、思いを馳《は》せることができなければ、わたしたちは有限《ゆうげん》の時間の中に閉《と》じこめられたままということもできます。詩人たちは、さまざまなモノやできごとや風景などをステップにして、時間の中に自分を解《と》き放っています。同時に章タイトルに引用した「約束」（高階杞《たかしなき》一《いち》）が語っているように、長い歴史《れきし》の時間がわたしたち自身の中に集約されていることも感じることができるのではないでしょうか。

最後の第四章のタイトルは「詩はきみを疑《うたが》う」です。わたしたちにとって一番安心できて、一方で一番やっかいな相手が、自分ではないでしょうか。自分はいったい何者なのか……、この問いとは一生つきあっていかなければなりませんが、そんな時、この章にならべられた詩たちが力を貸《か》してくれて、「あしたのあたしは　あたらしいあたし」（石津《いしづ》ちひろ）になれるぞ、と思わせてくれるかもしれません。

このシリーズでは、短歌（はこの巻《かん》にはありませんが）や俳句《はいく》、中国で作られた漢詩などからも作品を選んでいます。第一章の「季節はめぐる　――俳句《はいく》・撰《せん》」の、

「青蛙《あおがえる》おのれもペンキぬりたてか」は、いかにも自意識満載《じいしきまんさい》の芥川龍之介《あくたがわりゅうのすけ》という感じがしますし、「冬の日や砥石《といし》のうえをすべる風」という俳句《はいく》は、絵本作家の五味《ごみ》太郎《たろう》の作で、そう言われれば絵が浮《う》かんでくるようです。また、与謝蕪村《よさぶそん》の俳句《はいく》を五句《く》選びましたが、その中の「愁《うれ(い)》ひつゝ《(つ)》岡にのぼれば花いばら」という句《く》は、僕《ぼく》は皿海達哉《さらがいたつや》の短編集《たんぺんしゅう》『坂をのぼれば』で知りました。そんなふうに、古典の俳句《はいく》が現《げん》代《だい》の児童文学作品のモチーフになっている例もあります。

そして、この巻《かん》では、「遠き山に日は落ちて」だけでなく、「紅葉《もみじ》」（高野辰之《たかのたつゆき》）「大きな古時計」（ヘンリー・クレイ・ワーク／保富康午《ほとみこうご》・訳《やく》）などの歌詞《かし》も、詩として収録《しゅうろく》しています。その中の一つ、荒井由実《あらいゆみ》の「やさしさに包まれたなら」の、「心の奥《おく》にしまい忘《わす》れた　大切な箱　ひらくときは今」というフレーズが、印象的《いんしょうてき》でした。

この詩集であなたが、心の奥《おく》にある大切な箱の中にしまっておきたい……、と思えた詩に出会えることを願っています。

この本に出てくる詩人たち

1 詩はきみを映《うつ》しだす

山村暮鳥（やまむら・ぼちょう）　一八八四〜一九二四年。詩人・童話作家。詩集『聖三稜《せいさんりょう》玻璃《はり》』など。

三好達治（みよし・たつじ）　一九〇〇〜一九六四年。詩人。詩集『測量船《そくりょうせん》』『駱駝《らくだ》の瘤《こぶ》にまたがつて』など。

関今日子（せき・きょうこ）　一九六二年〜。詩人。詩集『しろかきの季節』など。

みずかみかずよ　一九三五〜一九八八年。詩人。詩集『馬でかければ』『こえがする』など。

小泉周二（こいずみ・しゅうじ）　一九五〇年〜。詩人。詩集『海』『こもりうた』など。

高浜虚子（たかはま・きょし）　一八七四〜一九五九年。俳《はい》人《じん》・小説家。『虚子句集《きょしくしゅう》』、小説『俳諧師《はいかいし》』など。

波多野爽波（はたの・そうは）　一九二三〜一九九一年。俳《はい》人《じん》。句集《くしゅう》『鋪道《ほどう》の花』など。

細見綾子（ほそみ・あやこ）　一九〇七〜一九九七年。俳人《はいじん》。句集《くしゅう》『桃《もも》は八重《やえ》』『伎藝天《ぎげいてん》』など。

本井　英（もとい・えい）　一九四五年〜。俳人《はいじん》。句集《くしゅう》『夏《なつ》潮《しお》』など。

芥川龍之介（あくたがわ・りゅうのすけ）　一八九二〜一九二七年。小説家。短編集《たんぺんしゅう》『羅生門《らしょうもん》』など。

中村汀女（なかむら・ていじょ）　一九〇〇〜一九八八年。俳人《はいじん》。句集《くしゅう》『春雪』『紅白梅《こうはくばい》』など。

富安風生（とみやす・ふうせい）　一八八五〜一九七九年。俳人《はいじん》。句集《くしゅう》『草の花』など。

五味太郎（ごみ・たろう）　一九四五年〜。絵本作家。絵本『かくしたの　だあれ』『たべたの　だあれ』など。

松本たかし（まつもと・たかし）　一九〇六〜一九五六年。

俳人《はいじん》。『松本《まつもと》たかし句集《くしゅう》』など。

島崎藤村（しまざき・とうそん）　一八七二〜一九四三年。詩人・小説家。詩集『若菜集《わかなしゅう》』『落梅集』、小説『破戒《はかい》』『夜明け前』など。

高野辰之（たかの・たつゆき）　一八七六〜一九四七年。国文学者・作詞家《さくしか》。著書《ちょしょ》に『日本演劇史《えんげきし》』など。

のろさかん　野呂昶。一九三六年〜。詩人。詩集『ふたりしずか』など。

新美南吉（にいみ・なんきち）　一九一三〜一九四三年。童話作家・詩人。童話「ごん狐《ぎつね》」「手袋《てぶくろ》を買いに」など。

海沼松世（かいぬま・しょうせい）　一九五一年〜。詩人。詩集『空の入り口』など。

宮内徳一（みやうち・とくいち）　一九一五〜一九九七年。詩人。詩集『みえないせみ』など。

与田凖一（よだ・じゅんいち）　一九〇五〜一九九七年。詩人・童話作家。童謡集《どうようしゅう》『旗・蜂《はち》・雲』、童話『五十一番めのザボン』など。

萩原朔太郎（はぎわら・さくたろう）　一八八六〜一九四二年。詩人・評論家《ひょうろんか》。詩集『月に吠《ほ》える』『青猫《あおねこ》』、評論《ひょうろん》『詩の原理』など。

与謝蕪村（よさ・ぶそん）　一七一六〜一七八三年。俳人《はいじん》・文人画家。『蕪村《ぶそん》七部集』など。

② 詩はきみと夢《ゆめ》を見る

堀内敬三（ほりうち・けいぞう）　一八九七〜一九八三年。作曲家・作詞家《さくしか》・訳詞家《やくしか》・音楽評論家《ひょうろんか》。作詞《さくし》「冬の星座《せいざ》」、作曲「ラジオ体操《たいそう》の歌」（初代）、訳詞《やくし》「ジングルベル」など。

小野ルミ（おの・るみ）　一九三九年〜。詩人。詩集『ゆきふるるん』など。

間中ケイ子（まなか・けいこ）　一九四七年〜。詩人。詩集『猫町《ねこまち》五十四番地』など。

尾上尚子（おのえ・たかこ）　一九三九年〜。詩人。詩集『そらいろのビー玉』など。

荒井由実（あらい・ゆみ）　一九五四年〜。シンガーソングライター。のち、松任谷由実《まつとうやゆみ》の名前で活動。

柳　美里（ゆう・みり）　一九六八年〜。劇作家《げきさっか》・小説家。戯曲《ぎきょく》『魚の祭』、小説『フルハウス』『家族シネマ』など。

檜きみこ（ひのき・きみこ）　一九五六年〜。詩人。詩集『しっぽいっぽん』など。

北原白秋（きたはら・はくしゅう）　一八八五〜一九四二年。詩人・歌人。詩集『邪宗門《じゃしゅうもん》』『思ひ出《い》』、童謡集《どうようしゅう》『からたちの花』『トンボの眼玉《めだま》』、歌集『桐《きり》の花』など。

入沢康夫（いりさわ・やすお）　一九三一〜二〇一八年。詩人・フランス文学者。詩集『わが出雲《いずも》・わが鎮魂《ちんこん》』など。

石垣りん（いしがき・りん）　一九二〇〜二〇〇四年。詩人。詩集『表札など』など。

川路柳虹（かわじ・りゅうこう）　一八八八〜一九五九年。詩人・評論家《ひょうろんか》。詩集『路傍《ろぼう》の花』など。

あまんきみこ　一九三一年〜。童話作家。童話『車のいろは空のいろ』全四巻《かん》など。

立原道造（たちはら・みちぞう）　一九一四〜一九三九年。詩人。詩集『萱草《わすれぐさ》に寄《よ》す』など。

宮沢賢治（みやざわ・けんじ）　一八九六〜一九三三年。詩人・童話作家。詩集『春と修羅《しゅら》』、童話集『注文の多い料理店』など。

孟浩然（もう・こうねん）　六八九〜七四〇年。中国唐代《ちゅうごくとうだい》の詩人。

③ 詩はきみから始まる

アーサー・ビナード 一九六七年〜。詩人。詩集『釣《つ》り上げては』、エッセイ『日本語ぽこりぽこり』、絵本『さがしています』など。

宍倉さとし（ししくら・さとし） 一九三〇〜二〇二三年。詩人。詩集『海は青いとはかぎらない』など。

竹中　郁（たけなか・いく） 一九〇四〜一九八二年。詩人。詩集『黄蜂《きばち》と花粉《かふん》』『子ども闘牛士《とうぎゅうし》』など。

西條八十（さいじょう・やそ） 一八九二〜一九七〇年。詩人・作詞家《さくしか》・フランス文学者。詩集『砂金《さきん》』、訳詩集《やくししゅう》『白孔雀《しろくじゃく》』、童謡《どうよう》「かなりや」、歌謡曲《かようきょく》「東京《とうきょう》行進曲」など。

大日方　寛（おびなた・ひろし） 一九二六〜二〇二一年。詩人。詩集『人間誕生《たんじょう》』など。

田代しゅうじ（たしろ・しゅうじ） 一九三七年〜。詩人。詩集『少年と海』など。

朴　世永（パク・セヨン） 一九〇二〜一九八九年。朝鮮《ちょうせん》の詩人。北朝鮮《きたちょうせん》の国歌「愛国歌」などを作詞《さくし》した。

松山　猛（まつやま・たけし） 一九四六年〜。作詞家《さくしか》・ライター・編集者《へんしゅうしゃ》。ザ・フォーク・クルセダーズの「帰って来たヨッパライ」の作詞《さくし》など。

茨木のり子（いばらぎ・のりこ） 一九二六〜二〇〇六年。詩人。詩集『見えない配達夫』『自分の感受性《かんじゅせい》くらい』『倚《よ》りかからず』など。

重清良吉（しげきよ・りょうきち） 一九二八〜一九九五年。詩人。詩集『おしっこの神さま』など。

高橋忠治（たかはし・ちゅうじ） 一九二七〜二〇二〇年。詩人。詩集『りんろろん』など。

ヘンリー・クレイ・ワーク 一八三二〜一八八四年。アメリカ合衆国《がっしゅうこく》の歌曲作曲家・作詞家《さくしか》。

保富康午（ほとみ・こうご） 一九三〇〜一九八四年。作詞《さくし》家《か》。TVアニメの主題歌を多く作詞《さくし》した。

木坂　涼（きさか・りょう） 一九五八年〜。詩人・児童文学作家・翻訳家《ほんやくか》。詩集『ツッツッと』『金色の網《あみ》』など。

小野十三郎（おの・とおざぶろう） 一九〇三〜一九九六年。

詩人。詩集『半分開いた窓《まど》』『大阪《おおさか》』など。

西沢杏子（にしざわ・きょうこ）一九四一年〜。詩人・児童文学作家。詩集『ズレる?』など。

高階杞一（たかしな・きいち）一九五一年〜。詩人。詩集『キリンの洗濯《せんたく》』『空への質問《しつもん》』など。

4 詩はきみを疑《うたが》う

まど・みちお 一九〇九〜二〇一四年。詩人。童謡《どうよう》「ぞうさん」、『まど・みちお全詩集』など。

三越左千夫（みつこし・さちお）一九一六〜一九九二年。詩人。詩集『かあさん　かあさん』など。

畑中圭一（はたなか・けいいち）一九三二〜二〇二三年。詩人・児童文学研究者。詩集『すかたんマーチ』、研究書『童謡論《どうようろん》の系譜《けいふ》』『日本の童謡《どうよう》　誕生《たんじょう》から九〇年の歩み』など。

川崎　洋（かわさき・ひろし）一九三〇〜二〇〇四年。詩人・放送作家。詩集『はくちょう』『食物小屋』『ビスケットの空《あき》カン』、そのほかの著書《ちょしょ》に『母の国・父の国のことば』など。

北原悠子（きたはら・ゆうこ）一九五一年〜。詩人。詩集『めぐるものたちに』など。

永窪綾子（ながくぼ・あやこ）一九四三年〜。詩人。詩集『せりふのない木』など。

辻　征夫（つじ・ゆきお）一九三九〜二〇〇〇年。詩人。

詩集『学校の思い出』『かぜのひきかた』『河口眺望《かこうちょうぼう》』『俳諧《はいかい》辻詩集《つじししゅう》』など。

はたちよしこ　一九四四年～。詩人。詩集『レモンの車輪』など。

菅原優子（すがわら・ゆうこ）　一九四三年～。詩人。詩集『空のなみだ』など。

糸井重里（いとい・しげさと）　一九四八年～。コピーライター・エッセイスト・作詞家《さくしか》。

日野生三（ひの・しょうぞう）　一九五一～一九九八年。詩人。詩集『雲のスフィンクス』など。

新川和江（しんかわ・かずえ）　一九二九～二〇二四年。詩人。詩集『季節の花詩集』『野のまつり』『星のおしごと』『記憶《きおく》する水』など。

金子光晴（かねこ・みつはる）　一八九五～一九七五年。詩人。詩集『こがね蟲《むし》』『鮫《さめ》』など。

高橋新吉（たかはし・しんきち）　一九〇一～一九八七年。詩人。詩集『ダダイスト新吉《しんきち》の詩』など。

石津ちひろ（いしづ・ちひろ）　一九五三年～。絵本作家・

翻訳家《ほんやくか》・詩人。詩集『あしたのあたしはあたらしいあたし』など。

出典一覧《いちらん》

❶ 詩はきみを映《うつ》しだす

山村暮鳥《やまむらぼちょう》「風景　純銀《じゅんぎん》もざいく」▼『山村暮鳥全詩集』彌生書房、1964年

三好達治《みよしたつじ》「土」▼『三好達治詩集』岩波文庫、1971年

関今日子《せききょうこ》「春の鏡」▼『しろかきの季節　関今日子詩集』新風舎、2000年

みずかみかずよ「馬でかければ　――阿蘇草千里《あそくさせんり》」

▼『豊かなことば　現代日本の詩9　みずかみかずよ詩集　ねぎぼうず』岩崎書店、2010年

小泉周二《こいずみしゅうじ》「水平線」▼『かど創房創作文学シリーズ詩歌　海　小泉周二詩集』かど創房、1986年

高浜虚子《たかはまきょし》　俳句《はいく》「何もなき…」▼『定本　高濱虚子全集　第一巻　俳句集（一）』毎日新聞社、1974年

波多野爽波《はたのそうは》　俳句《はいく》「チユ《（ュ）》ーリツ《（ッ）》プ…」▼藤田湘子　監修『花神コレクション〔俳句〕波多野爽波』花神社、1992年

細見綾子《ほそみあやこ》　俳句《はいく》「チューリップ…」▼『細見綾子全句集』角川書店、2014年

本井英《もといえい》　俳句《はいく》「ストローを…」▼『句集　八月』角川書店、2009年

芥川龍之介《あくたがわりゅうのすけ》　俳句《はいく》「青蛙《あおがえる》…」▼『芥川龍之介全集　第三巻』岩波書店、1996年

中村汀女《なかむらていじょ》　俳句《はいく》「とどまれば…」▼『中村汀女俳句集成』中日新聞東京本社、1974年

富安風生《とみやすふうせい》　俳句《はいく》「よろこべば…」▼『富安風生全集　第一巻　俳句一』講談社、1992年

＊本書では、詩の作者・訳者《やくしゃ》の意向により、出典と一部異《こと》なる表記で掲載《けいさい》した作品があります。

五味太郎《ごみたろう》　俳句《はいく》「冬の日や…」▼『俳句はいかが』岩崎書店、1994年

松本《まつもと》たかし　俳句《はいく》「雪だるま…」▼『現代日本文學全集91　現代俳句集』筑摩書房、1957年

島崎藤村《しまざきとうそん》「小諸《こもろ》なる古城のほとり」▼『島崎藤村全集　第一巻　筑摩全集類聚』筑摩書房、1981年

高野辰之《たかのたつゆき》「紅葉《もみじ》」▼『唱歌大事典』東京堂出版、2017年

のろさかん「ゆうひのてがみ」▼『おとのかだん　少年詩集』銀の鈴社、1983年

新美南吉《にいみなんきち》「窓《まど》」▼『校定　新美南吉全集　第八巻』大日本図書、1981年

海沼松世《かいぬましょうせい》「グランドピアノ」▼『空の入り口　海沼松世詩集』らくだ出版、2004年

宮内徳一《みやうちとくいち》「遠近法」▼『かど創房創作文学シリーズ詩歌26　詩集　海色の言葉』かど創房、1991年

与田準一《よだじゅんいち》「メロン」▼『与田準一全集　第二巻　詩集　ポプラ星』大日本図書、1967年

萩原朔太郎《はぎわらさくたろう》「竹」▼『萩原朔太郎全集　第一巻』筑摩書房、1975年

与謝蕪村《よさぶそん》　俳句《はいく》「春の海…」「菜の花や…」「愁《うれ》ひ(い)つゝ(つ)…」「月天心…」「草枯《かれ》て…」

▼『完訳　日本の古典　第五十八巻　蕪村集　一茶集』小学館、1983年

❷ 詩はきみと夢《ゆめ》を見る

堀内敬三《ほりうちけいぞう》「遠き山に日は落ちて（ドボルザーク「交響曲《こうきょうきょく》第9番《新世界より》」第2楽章）」

▼米良美一　編『日本のうた300、やすらぎの世界』講談社＋α文庫、1997年

小野《おの》ルミ「半分かけたお月さま」▼『創作文学シリーズ詩歌　詩集　半分かけたお月さま』かど創房、1977年

間中《まなか》ケイ子《こ》「猫小路《ねここうじ》」▼『子ども詩のポケット24　猫町五十四番地　間中ケイ子詩集』てらいんく、2007年

尾上尚子《おのえたかこ》「どんぐり」▼『シオンがさいた』リーブル、2000年

荒井由実《あらいゆみ》「やさしさに包まれたなら」▼CD　荒井由実「MISSLIM」EMIミュージック・ジャパン、2000年

柳美里《ゆうみり》「雨と夢《ゆめ》のあとに」▼CD　奥田美和子「雨と夢のあとに」BMGファンハウス、2005年

檜《ひのき》きみこ「しっぽ　いっぽん」▼『ジュニア・ポエム双書76　しっぽいっぽん　檜きみこ詩集』銀の鈴社、1992年

「マザーグース」より／訳《やく》：北原白秋《きたはらはくしゅう》「世界じゅうの海が」▼『まざあ・ぐうす』角川書店、1976年

入沢康夫《いりさわやすお》「未確認《みかくにん》飛行物体」▼『現代詩文庫177　続・入沢康夫』思潮社、2005年

石垣《いしがき》りん「シジミ」▼『表札など』童話屋、2000年

川路柳虹《かわじりゅうこう》「星の世界」▼日本訳詞家協会創立45周年記念出版委員会　編『世界の歌を美しい日本語で』日本訳詞家協会、2007年

あまんきみこ「月のひかりは（「まよなかのおきゃくさん」より）」

▼『新装版　車のいろは空のいろ2　——車のいろは空のいろ——春のお客さん』ポプラ社、2000年

立原道造《たちはらみちぞう》「夢《ゆめ》みたものは……」▼『現代詩文庫1025　立原道造』思潮社、1982年

宮沢賢治《みやざわけんじ》「雲の信号」▼『【新】校本　宮澤賢治全集　第二巻　詩I　本文篇』筑摩書房、1995年

孟浩然《もうこうねん》　漢詩「春暁」▼目加田誠　著『新釈漢文大系　第19巻　唐詩選』明治書院、1964年

③ 詩はきみから始まる

アーサー・ビナード「記録」▼『詩の風景　ゴミの日　アーサー・ビナード詩集』理論社、２００８年

宍倉《ししくら》さとし「地球の時間」▼『ジュニア・ポエム双書97　海は青いとはかぎらない　宍倉さとし詩集』銀の鈴社、１９９４年

竹中郁《たけなかいく》「少年使節」▼『詩の散歩道　子ども闘牛士　竹中郁少年詩集』理論社、１９８４年

西條八十《さいじょうやそ》「毬《まり》と殿《との》さま」▼『西條八十全集　第六巻　童謡Ⅰ』国書刊行会、１９９２年

大日方寛《おびなたひろし》「おとうさんが少年だったころ」▼『詩集　人間誕生』風濤社、１９８０年

田代《たしろ》しゅうじ「蓄音機《ちくおんき》」▼『子ども詩のポケット15　野にある神様　田代しゅうじ詩集』てらいんく、２００６年

朴世永《パクセヨン》／訳《やく》：松山猛《まつやまたけし》「イムジン河《がわ》」▼レコード　ザ・フォーク・クルセダーズ「イムジン河／蛇に食われて死んでいく男の悲しい悲しい物語」東芝音楽工業、１９６８年

茨木《いばらぎ》のり子《こ》「わたしが一番きれいだったとき」▼『茨木のり子全詩集』花神社、２０１０年

重清良吉《しげきよりょうきち》「テスト中の地震《じしん》」▼『詩の散歩道ＰＡＲＴ2　おしっこの神さま　重清良吉少年詩集　新装版』理論社、１９９８年

高橋忠治《たかはしちゅうじ》「今どき」▼『だいじなものは　高橋忠治詩集』一草舎出版、２００６年

ヘンリー・クレイ・ワーク／訳《やく》：保富康午《ほとみこうご》「大きな古時計」▼伊藤正道　著『大きな古時計』出版ワークス、２０２０年

木坂涼《きさかりょう》「夏休み」▼『詩を読もう！　五つのエラーをさがせ！　木坂涼詩集』大日本図書、２０００年

小野十三郎《おのとおざぶろう》「人間の夢《ゆめ》」▼『詩の散歩道ＰＡＲＴ2　太陽のうた　小野十三郎少年詩集　新装版』理論社、１９９７年

西沢杏子《にしざわきょうこ》「隠《かく》し場所」▼『ジュニアポエムシリーズ297　さくら貝とプリズム』銀の鈴社、２０２１年

高階杞一《たかしなきいち》「約束」▼『春'ing』思潮社、１９９７年

④ 詩はきみを疑《うたが》う

まど・みちお「くまさん」▼『まど・みちお全詩集 新訂第2版』理論社、2015年
三越《みつこし》左千夫《さちお》「かたつむり」▼『新版 三越左千夫全詩集』アテネ社、1997年
畑中《はたなか》圭一《けいいち》「カマキリ」▼『子どもの詩の花束 畑中圭一詩集・すかたんマーチ』らくだ出版、1985年
川崎《かわさき》洋《ひろし》「だだずんじゃん」▼『だだずんじゃん』いそっぷ社、2001年
北原《きたはら》悠子《ゆうこ》「シーソー」▼『詩集 子どもの宇宙（コスモス）』私家版、1997年
永窪《ながくぼ》綾子《あやこ》「せりふのない木」▼『現代児童文学詩人文庫10 永窪綾子詩集』いしずえ、2003年
辻《つじ》征夫《ゆきお》「まつおかさんの家」▼谷川俊太郎 編『辻征夫詩集』岩波文庫、2015年
はたちよしこ「カメレオン」▼『詩を読もう！ また すぐに会えるから』大日本図書、2000年
菅原《すがわら》優子《ゆうこ》「五月」▼『空のなみだ』きじばと舎、1996年
糸井《いとい》重里《しげさと》「うそをついた日」▼『詩を読もう！ 詩なんか知らないけど』大日本図書、2000年
日野《ひの》生三《しょうぞう》「森のこども」▼『ジュニアポエム双書38 雲のスフィンクス』銀の鈴社、1986年
新川《しんかわ》和江《かずえ》「わたしを束ねないで」▼『現代詩文庫64 新川和江』思潮社、1975年
金子《かねこ》光晴《みつはる》「くらげの唄《うた》」▼『金子光晴全集 第三巻』中央公論社、1976年
高橋《たかはし》新吉《しんきち》「るす」▼『声で読む日本の詩歌166 おーいぽぽんた』福音館書店、2001年
石津《いしづ》ちひろ「あした」▼『あしたのあたしはあたらしいあたし』理論社、2002年

作品さくいん

あ

か

ま

や

ら

わ

詩人・訳者《やくしゃ》さくいん

さ

西條八十《さいじょうやそ》　毬《まり》と殿《との》さま …… 90
重清良吉《しげきよりょうきち》　テスト中の地震《じしん》 …… 108
宍倉《ししくら》さとし　地球の時間 …… 76
島崎藤村《しまざきとうそん》　小諸《こもろ》なる古城のほとり …… 22
新川和江《しんかわかずえ》　わたしを束ねないで …… 157
菅原優子《すがわらゆうこ》　五月 …… 152
関《せき》　今日子《きょうこ》　春の鏡 …… 14

た

高階杞一《たかしなきいち》　約束 …… 128
高野辰之《たかのたつゆき》　紅葉《もみじ》 …… 24
高橋新吉《たかはししんきち》　るす …… 164
高橋忠治《たかはしちゅうじ》　今どき …… 112
高浜虚子《たかはまきょし》　(俳句《はいく》) …… 20
竹中《たけなか》　郁《いく》　少年使節 …… 80
田代《たしろ》しゅうじ　蓄音機《ちくおんき》 …… 98
立原道造《たちはらみちぞう》　夢《ゆめ》みたものは…… …… 68
辻《つじ》　征夫《ゆきお》　まつおかさんの家 …… 146
富安風生《とみやすふうせい》　(俳句《はいく》) …… 21

な

永窪綾子《ながくぼあやこ》　せりふのない木 …… 144
中村汀女《なかむらていじょ》　(俳句《はいく》) …… 21
新美南吉《にいみなんきち》　窓《まど》 …… 28
西沢杏子《にしざわきょうこ》　隠《かく》し場所 …… 124
のろさかん　ゆうひのてがみ …… 26

や

山村暮鳥《やまむらぼちょう》　風景　純銀《じゅんぎん》もざいく……10
柳美里《ゆうみり》　雨と夢《ゆめ》のあとに……52
与謝蕪村《よさぶそん》　（俳句《はいく》）……38
与田準一《よだじゅんいち》　メロン……34

わ

ワーク［ヘンリー・クレイ］　大きな古時計……114

編者紹介

日本児童文学者協会

菊永　謙　（きくなが・ゆずる）

1953年生まれ。詩人。詩集に『原っぱの虹』（いしずえ）など、詩の評論に『子どもと詩の架橋　少年詩・童謡・児童詩への誘い』（四季の森社）などがある。本シリーズではおもに1巻の編集を担当。4巻に詩作品を収録。

藤　真知子　（ふじ・まちこ）

1950年生まれ。児童文学作家、詩人。物語の作品に「まじょ子」シリーズ（全60巻）、「まじょのナニーさん」シリーズ（既刊11巻、ともにポプラ社）、「チビまじょチャミー」シリーズ（全10巻、岩崎書店）など多数ある。本シリーズではおもに2巻の編集を担当。4巻に自作の詩、2巻に訳詩を収録。

藤田のぼる　（ふじた・のぼる）

1950年生まれ。児童文学評論家、作家。著書に『児童文学への3つの質問』（てらいんく）など、創作の作品に『雪咲く村へ』（岩崎書店）、『みんなの家出』（福音館書店）などがある。本シリーズではおもに3巻の編集を担当。

藤本　恵　（ふじもと・めぐみ）

1973年生まれ。児童文学研究者。近現代の物語や童謡、詩、絵本など、児童文学全体に対象を広げ研究をおこなっている。本シリーズではおもに4巻の編集と漢詩の書き下し文を担当。

宮川健郎　（みやかわ・たけお）

1955年生まれ。児童文学研究者。編・著書に『ズッコケ三人組の大研究　那須正幹研究読本』（全3巻、共編、ポプラ社）、『物語もっと深読み教室』（岩波ジュニア新書）などがある。本シリーズでは全体の編集と脚注、詩人紹介文を担当。

ポプラ社編集部

●協力　小林雅子
小笠原未鮎、木村陽香、藤井沙耶、森川凛太

装　画　カシワイ
装丁・本文デザイン　岩田りか
編集協力　平尾小径

JASRAC 出 2500477 − 501

シリーズ 詩はきみのそばにいる③
きみの心が駆けめぐるとき、詩は……

2025年 4月 第1刷

編 者 日本児童文学者協会+ポプラ社編集部

発行者 加藤裕樹
編 集 小桜浩子
発行所 株式会社ポプラ社
〒141-8210 東京都品川区西五反田 3-5-8 JR 目黒 MARC ビル 12 階
ホームページ www.poplar.co.jp
印刷・製本 中央精版印刷株式会社
ISBN978-4-591-18460-8 N.D.C.908 /190p/19cm Printed in Japan

P7253003

きみの言葉がきっと見つかる

シリーズ　詩はきみのそばにいる

全4巻

日本児童文学者協会＋ポプラ社編集部　編

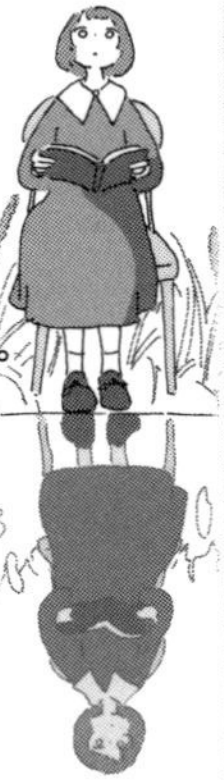

さまざまなジャンル、時代、地域《ちいき》の作品を集め、

詩の楽しさ、広さ、深さを伝えます。

古典作品や短歌・俳句《はいく》も収録《しゅうろく》。詩との出会いの扉《とびら》となるシリーズです。

❶ きみの心が歌いだすとき、詩は……

命の輝《かがや》き、恋《こい》する気持ち、詩の言葉で心が広がる

安西冬衛《あんざいふゆえ》「春」、金子《かねこ》みすゞ《(ず)》「不思議」、中原中也《なかはらちゅうや》「月夜の浜辺《はまべ》」、

Ayase（YOASOBI）「もう少しだけ」、

「きみを想う――短歌・撰《せん》」、琉歌《りゅうか》三首　ほか

❷ きみの心がゆらめくとき、詩は……

つらいとき、悲しいとき、きみを支《ささ》える言葉と出会える

川崎洋《かわさきひろし》「涙《なみだ》」、まど・みちお「うたを　うたうとき」、

新川和江《しんかわかずえ》「名づけられた葉」、坪内稔典《つぼうちねんてん》「甘納豆《あまなっとう》十二句《く》」、

「平家《へいけ》物語」（巻《まき》第一「祇園精舎《ぎおんしょうじゃ》」より）　ほか

❸ きみの心が駆《か》けめぐるとき、詩は……

時間や歴史《れきし》を題材にした詩で、自分を見つける言葉の旅

新美南吉《にいみなんきち》「窓《まど》」、アーサー・ビナード「記録」、

茨木《いばらぎ》のり子《こ》「わたしが一番きれいだったとき」、孟浩然《もうこうねん》「春暁」、

「季節はめぐる――俳句《はいく》・撰《せん》」　ほか

❹ きみの心がつながりたいとき、詩は……

遠くにいる誰《だれ》かとつながる、心をひらく詩の広場

谷川俊太郎《たにかわしゅんたろう》「言葉は」、宮沢賢治《みやざわけんじ》「永訣《えいけつ》の朝」、最果《さいはて》タヒ「流れ星」、

リフアト・アルアライール／松下新土《まつしたしんど》、増渕愛子《ますぶちあいこ》・訳《やく》

「わたしが死ななければならないのなら」　ほか